VIVE LES VACANCES !

Et voilà, on y est, le premier jour
des grandes vacances est enfin arrivé !
Lola saute partout dans sa chambre
comme une petite folle, et Woufi aussi.
Leurs premières vacances à la mer,
quel bonheur, et en plus Titou
va les accompagner !

Pour la première fois de sa vie,
Lola doit préparer sa valise, elle ne sait
pas trop ce qu'elle doit emporter.
Un chapeau ? Un parasol
pour la plage peut-être ?
Et combien de tee-shirts ?
Son Monopoly ou son ciré,
si jamais il pleuvait ?
Et quelles poupées ?

Mais sa maman lui explique qu'il va falloir trier. Alors, Lola a une idée : elle va demander à Woufi de choisir à sa place ! Petit à petit, il lui apporte : une serviette de bain, un Yo-Yo pour s'amuser, sa poupée préférée, un parapluie au cas où, de la crème solaire et un bonnet de laine au cas où aussi.

Voilà, tout est enfin prêt et après une nuit
agitée durant laquelle elle n'a rêvé que
de mer, de sable, de soleil et de jeux sur
la plage, Lola dépose fièrement
sa valise bien fermée dans le coffre de
la voiture familiale ; puis Titou, Woufi
et elle prennent joyeusement place
à l'arrière, tout excités à l'idée de
ce qu'ils découvriront une fois arrivés.

Ça y est, on y est ! La maison est
si jolie, et la plage juste à côté !
Vite vite, se dit Lola, je cours ouvrir ma
valise et enfiler mon maillot de ce pas !
Sauf qu'elle a beau chercher en tous sens,
le maillot a bel et bien été oublié !
Sacré Woufi, lui dit-elle, tu es un fameux
étourdi. Et, avec Titou, elle l'emmène pour
qu'il l'aide à choisir le beau maillot
qu'elle portera tout cet été !

Histoire de noter toutes les découvertes
qu'elle pourrait faire en route,
Lola emporte son journal secret.
Mais entre une pause et une autre,
un achat et un autre, voilà qu'au bout
de quelque temps Lola se rend compte
que son journal est égaré.
Elle se met à pleurer.

Titou est tristounet de la voir dans cet état et Woufi se rend vite compte que lui lécher ses larmes ne suffit pas. Mais Lola, à force de sangloter, finit par avoir une idée. Puisque Woufi l'a aidée à préparer sa valise, peut-être peut-il l'aider à retrouver son journal ?

Et voilà nos trois amis qui retournent
sur leurs pas. Bien décidés à retrouver
le journal égaré : Lola et Titou ont
les yeux rivés au sol dans l'attente
d'un miracle et Woufi agite
la queue dans ce même espoir,
la truffe retroussée en prime ;
tous en quête du moindre indice.

Chaque fois qu'il détecte un objet
inhabituel, Woufi, tout joyeux,
le rapporte à Lola. C'est ainsi qu'il
pose tour à tour devant elle une pelle,
un bonnet, un jeu de cartes et un ballon
qui traînaient là, abandonnés.

Rien de tout cela ne fait
le bonheur de Lola, qui commence
à sérieusement désespérer.
Woufi, très discipliné, continue
de lui apporter une serviette,
des lunettes et un livre, mais rien
ne ressemble au journal tant désiré.
Alors Lola se remet à pleurer.

Jusqu'à ce que Titou et elle arrivent
devant le marchand de glaces
où ils s'étaient arrêtés après avoir
acheté le maillot. Et tandis qu'ils
s'affalent sur un banc, désespérés,
voilà que Woufi repère le journal
sous la charrette du marchand !

Quelle joie sur le chemin du retour
pour nos trois amis ! Un joli maillot tout
neuf pour Lola, une bonne glace pour
chacun, y compris Woufi,
une baignade et une jolie promenade,
un journal perdu mais retrouvé,
tout est bien qui finit bien.
Et les vacances ne font que commencer !